Intermediate Esperanto Reader

A Curated Sample of Dual Language Novellas

Created by Myrtis Smith

Kylan Verde Books LLC

Cincinnati, Ohio

Notice: Literary Teasers Ahead!

This book features the full-length novella **The Afterlife (La Vivinteco)**, presented in Esperanto and English. You'll also find sample chapters from my other books, also presented in Esperanto and English.

- The Day the Dead Man Followed Me Home
- The Prison Charade
- Children of the Flood

Think of it as a sneak preview—An opportunity to sample the world of Dual Language Esperanto Novellas.

Please visit my website www.kylanverde.com to see all of my Esperanto novellas and short story collections.

Contributors

A work like this would not be possible without the contribution of knowledgeable, experienced Esperanto translators and proofreaders, and an amazing editor. Thank you!

English Editing by Alison Miller

http://www.storyprepediting.com

The Afterlife

Esperanto Translation by Amanda Higley Schmidt

Esperanto proofreading and editing provided by Jorge Rafael Nogueras, Brandon Sowers, Steven Cybulski, and

The Day the Dead Man Followed Me Home

Esperanto Translation by Alena Adler (https://alenafenomena.com)

Esperanto proofreading and editing provided by Derek Roff

The Prison Charade

Esperanto Translation by Chuck Smith
(https://www.youtube.com/@amuzulo)

Esperanto proofreading and editing provided by Vjaĉeslav
Slavik Ivanov (https://youtube.com/@interparoloj).

Children of the Flood

Esperanto Translation by Hans Eric Becklin

Esperanto proofreading and editing provided by Tatu Lehtilä

Table of Contents

Introduction

Are you a student of Esperanto? Have you conquered the challenges of Duolingo and now find yourself looking for more? If you're tired of reading children's books, short stories, and articles, then it's time to elevate your reading experience. You're ready to tackle a novella—a form that strikes the perfect balance between length and complexity.

Novellas are short books, between 5000 and 10,000 words. They feature multiple chapters, a variety of interesting characters, and a fully developed plot. Everything you love about reading a full-length book! Their moderate size means you can enjoy them in one sitting or savor them over time.

Imagine diving into a world crafted for adults, there are no talking animals or playground drama. With short chapters, you can immerse yourself in gripping storylines without feeling overwhelmed. And don't worry; an English translation is readily available to support you, ensuring that you can truly grasp the nuances of the narrative while enhancing your vocabulary.

You can finish this! Unlike the daunting prospect of a lengthy novel that could take weeks to complete, our novellas are designed to provide a significant yet accessible reading challenge. It's time to stop reading children's books and embrace tales that are captivating and relevant to adults, all while maintaining a comparatively low reading level with simple vocabulary and syntax.

Our stories are written to build your reading fluency, background knowledge, and love for literature. You'll encounter a diverse range of characters from all walks of life, cultures, and interests, making each chapter a new adventure. If you've ever attempted to read a novel only to give up due to its complexity or time commitment, this is your opportunity to open a doorway into the world of reading in Esperanto.

Our novellas are plot-driven, keeping the focus on what truly matters—what's happening and what's at stake. Forget about long, boring descriptions and extraneous details, in these stories the narrative flows smoothly and remains easy to follow. Flashbacks, shifts in POV, and time jumps are minimized, allowing you to get lost in the story without the confusion of getting lost in time.

With engaging plots and vibrant characters, our dual language novellas offer insights into the linguistic nuances and cultural contexts of both English and Esperanto. You'll not only enjoy a literary work but also enhance your comprehension and vocabulary in a contextual way. You can easily see how similar ideas are conveyed in both languages

So, are you ready to embark on this exciting journey? Let's dive into a world of stories that invigorate your passion for reading and inspire you to become an enthusiastic reader of Esperanto. An adventure awaits you!

What makes dual language books so special?

1. Dual language books make reading more accessible. The new language is much less intimidating when you have supporting text.
2. Dual language books are proven to accelerate the learning of vocabulary, grammar, and sentence structure.
3. Dual language books allow the reader to compare and contrast text, thereby noticing different features of each language.
4. Dual language books serve as a connecting bridge, helping the learner develop a deeper understanding of the new language and how to use it effectively.

How to get the most out of your dual language book:

1. Read the English story first, so that you have a general understanding of the story. Then read the Esperanto version.

2. Read the Esperanto version first, without consulting a dictionary. Then read the English version and see how much you understood.

3. Read the Esperanto version slowly, writing down every word you don't understand. Try to figure out the word from the context then refer to the English translation.

4. Read the Esperanto version aloud to work on your pronunciation.

5. Look through the English version and pick out common words and phrases that you don't know how to say in Esperanto. Refer to the Esperanto translation to see what they are.

Esperanto

La Vivinteco

Tradukisto: Amanda Higley Schmidt

Ĉapitro 1: Bonvenon al la Vivinteco

(Chapter 1: Welcome to the Afterlife, p. 53)

Aleksandro vivis inter la homoj dum pli-malpli tricent jaroj. Mallonge, kompare al multaj aliaj el la gardanĝeloj. Li konis gardiston kiu estis sur la Tero dum pli ol du mil jaroj kaj fakte ĉeestis la krucumon de Jesuo. Estis malfacila tempo esti gardanĝelo, en tiu epoko. La spirita energio sur la Tero estis tre alta tiutempe; malicaj spiritoj pretis ataki homojn en ĉia situacio.

Post du jarmiloj, la malicaj spiritoj estas ankoraŭ aktivaj, sed nuntempe iliaj metodoj estas pli subtilaj. Moderna teknologio faciligas tion, kaj homoj fariĝis pli konvinkeblaj. La interreto permesas, ke nura klavar-tajpado influu, kortuŝu, persvadu milionojn. Homoj pasigas pli da tempo spektante ekranojn ol ekstere en la naturo, kaj ili ne faras multon por protekti siajn mensojn. La averaĝa homo ekzistas por esti spektanto de amuzaĵoj.

La homaro, pro ĝia multobliĝo, iĝis tro multenombra por ke la gardanĝeloj povu plenumi sian originalan devon protekti homojn. Nun la anĝeloj servas pli kiel intuicio: la eta silenta voĉo kiu flustras avertojn eviti malluman strateton, aŭ kontroli kaj certigi, ke pordo estas ŝlosita. Ili pasigas la plejparton de sia tempo rigardante, flustrante, kaj gvidante la novmortintojn al la vivinteco.

Aleksandro malŝatis gvidi pli ol ion ajn alian. Li neniam sciis ĉu la persono kiun li devos gvidi bonvenigos kaj akceptos morton, aŭ provos rezisti. Kvankam li sciis la ekzaktan momenton kiam okazos la morto de iu homo, ĝi ĉiam tamen surprizis lin... kiel hodiaŭ.

Aleksandro sidis sur tegmento rigardante la straton sube... atendante. Li povus simple stari ĉe la angulo de la strato por atendi. Ne gravus ĉu   homoj vidus lin. Anĝeloj ekzistas tuj preter la homa vidkapablo, kvazaŭ la fenomeno, kiam oni sentas iun malantaŭe, turnas sin por rigardi, sed maltrafas. Sidante sur la tegmento, li povis bone vidi la aŭtoakcidenton kiu estis okazonta antaŭ li.

Je la 8:03-a ptm, Katrina Mays turnis sian aŭton suden sur Brookway Avenuo. Ŝi stiris bluan Toyota Camry je rapido de ekzakte 37 mejloj hore. Ŝia dektrijara filino, Olivia, sidis en la pasaĝera seĝo apud ŝi. Ili kune laŭte kantis kantojn de la 80-aj jaroj, kun plena entuziasmo. Olivia ridis je la malmoderna stilo de la kantoj de la patrino. Ravis Katrinan tio, ke Olivia scia s ĉiujn vortojn.

Je la 8:05-a ptm ekzakte, Rikardo Danders turniĝis norden sur Brookway Avenuo. Lia kamiono veturis ekzakte 63 mejlojn hore. Kvankam Rikardo ne rimarkis, la injektilo de la heroino kiun li ĵus aĉetis ankoraŭ restis en lia brako. Li ne konsciis kie li estas, kiom rapide li iras, kaj li sentis nenion kiam lia kamiono transiris la flavan linion kaj frapegis front-al-fronte la aŭton de Katrina.

La polico poste diris al Erik, la edzo de Katrina, ke estas miraklo, ke Olivia ne vundiĝis. Malgraŭ tio, ke la aŭto turniĝadis kaj finfine koliziis kun telefonfosto antaŭ ol halti, estis neniom da damaĝo al la pasaĝera flanko. Pri la ŝofora flanko, tute male. Oni devis elsegi Katrinan el la aŭto, kaj per helikoptero transporti ŝin al proksima hospitalo.

Ĉe la hospitalo Aleksandro evitis la atendoĉambron. Li sciis, ke Erik kaj Olivia atendas tie, esperante ke Katrina travivos. Li ne eltenus vidi ilian esperon iĝi malespero, lamento, kaj fine kolero, kiam ili eksciis la veron, kiun Aleksandro jam sciis. Kion ili ne komprenis – ne kapablis kompreni ĝuste nun – estis la celo de la morto de Katrina. Olivia tiom koleriĝos pri la opio-epidemio kiu plagas ŝian urbon, ke ŝi iĝos kuracista esploristo kaj malkovros manieron malŝalti la meĥanismon de la cerbo kiu kaŭzas drogdependiĝon. Ŝia laboro savos la vivon de milionoj da homoj. Kaj la kosto de tiu mirakla malkovro: la vivo de ŝia patrino.

Aleksandro sidis kviete, nerimarkata en la angulo de la operacia ĉambro kie kirurgo febre laboris por savi la vivon de Katrina. Li sciis, ke la laboro de la kirurgo ne funkcios. Oni sendis lin tien por kolekti la animon de Katrina. Estis tempo, ke ŝi foriru.

La momento fine alvenis. La korpo de Katrina konvulsiis, unu el la maŝinoj konektitaj al ŝi komencis furioze sonorigi alarmon. Li rigardis dum vaporo ekleviĝis el ŝia korpo. Ĝi elradiis lumon dum ĝi kreskis, ĝis finfine ŝia spirito plene apartiĝis de ŝia korpo, ŝvebis al la supro de la ĉambro, kaj kuniĝis en travideblan, fantomecan imagon de Katrina.

La spirito de Katrina rigardis ĉirkaŭ la ĉambro. Ŝi vidis la korpon – sian korpon – kuŝanta sur la operacia tablo, kaj ŝi subite anhelis, ŝokite. Ŝi rimarkis, ke ĉiuj atentas la korpon kaj neniu vidas ŝin krom bela viro sidanta en la angulo; li rigardis ŝin atentege.

"Ĉu mi estas… mortinta?"

Aleksandro kapjesis.

"Olivia?"

"Ŝi estas en ordo. Ŝi havas nur kelkajn vundetojn."

[21]

"Ĉu mi rajtas vidi ŝin?"

"Ne."

"Erik?"

"Li estas kun ŝi. Ili estos en ordo."

"Ĉu mi ne rajtas adiaŭi ilin?"

Aleksandro kapneis. Li lernis, per malfacilaj spertoj, ke tio estas nepre ne farenda. Homoj jam sufiĉe malfacile akceptas sian propran morton. Permesi al ili vidi la amatojn unu plian fojon nur multe pli malfaciligas la foriron. Estis pli bone doni momenton alkutimiĝi al la nova realo kaj transiri. Li estis certa, ke se Katrina fizike kapablus, ŝi plorus. Ĉar la nova formo ne permesas larmojn, ŝi simple ŝvebis, triste rigardante sian ŝiritan korpon.

Post kelkaj momentoj li ŝvebis supren al ŝi kaj metis siajn manojn sur ŝiajn ŝultrojn. "Ni iru."

"Kien ni iras?"

"Al via vivinteco."

Ĉapitro 2: La vojaĝo preter la vivo

(Chapter 2: The Voyage Beyond, p.59)

Aleksandro gvidis Katrinan el la hospitalo. Kiam ili estis esktere, li prepariĝis por ekflugi, malfermante siajn flugilojn. Katrina gapis al li, mirante.

"Vi estas anĝelo," ŝi diris, kaj aŭdeblis malstreĉiĝo en ŝia voĉo. "Ĉu tio signifas, ke mi iros al paradizo?"

"Paradizo kaj infero ne estas fizikaj lokoj, kiel vi homoj konceptas ilin. Ili estas pli kiel malsamaj niveloj de sperto. Se en via vivo ĝenerale vi estis bona homo, vi havos bonan sperton en la vivinteco. Se vi estis malbona homo, ĝenerale, vi havos malbonan sperton en la vivinteco. Ĝi ne estas absoluta afero." Neniam li sukcesis ĝuste klarigi, kaj ŝia konfuzita mieno konfirmis, ke li denove malefike klarigis paradizon kaj inferon. Li rezignis. "Vi vidos, kiam ni alvenos."

Li prenis ŝian manon, interplektante la fingrojn, kaj ili komencis supreniri. Super la konstruaĵoj kaj la arboj ili flugis. Kiam ili atingis la nubojn, ŝi tre ĝojis, ke li tenas ŝian manon, por ke ŝi ne forŝvebu. Kun infana ekstazo   ŝi spektis la detalojn de la vivo sur la Tero dum tiuj detaloj nebuliĝis kaj iĝis   abstraktaj kunmetaĵoj de bruno, verdo, kaj bluo. Tiam la koloroj iĝis mallumo. Ŝi povis vidi malproksime la lumon de la suno, de la luno, kaj de miloj da steloj. Ŝi divenis en sia menso pri la planedoj, kiujn ili preterpasis, ankoraŭ irante supren.

Kiam finfine ili alvenis al sia celo, Katrina aŭdis kantadon malproksime – la plej belan kantadon, kiun ŝi iam ajn aŭdis. Eble cent aŭ eĉ mil voĉoj kantis en perfekta harmonio. Ŝi neniam aŭdis tiun kanton antaŭe, sed ŝi sentis ĝin profunde en sia animo. La muziko plenigis ŝin je ĝojo. Ĝi ridetigis ŝin, kaj donis al ŝi energion.

Aleksandro metis ŝin sur ion grundecan. Ŝi imagis, por momento, ke tiel devus esti   promeni sur nubo. Ĝi sentiĝis mola kaj lanuga; ilia moviĝo estis pli kiel gliti ol promeni.

En la distanco, Katrina vidis du grandajn kolonojn. Ŝi ne povis vidi kiom altaj ili estas, ĉar ili malaperis en la nubojn. Dum ili promenis al la kolonoj, la kantado pli klare aŭdeblis. Ŝi povis vidi grupon de kantantoj tuj preter la kolonoj. En la mezo de la cirklo estis tri muzikistoj, ludantaj tute nekonatajn instrumentojn. Ĉirkaŭ la rando de la grupo, homoj dancis.

Kiam ili proksimiĝis al la kolonoj, Aleksandro etendis sian manon, invitante ŝin trairi. Li diris, "Jen via bonveniga festo."

"Ĉio ĉi estas por mi?" ŝi demandis kun surprizego en la voĉo. "Ĝi estas tiom belega."

"Muziko, kantoj, kaj dancoj estas la plej belaj donacoj de La Dezajnisto. Ilia celo estas ĝuo – nutraĵo por la animo. Tiel ĉi La Dezajnisto bonvenigas vin."

"La Dezajnisto?" Ŝi aspektis konfuzita. "Ĉu vi celas diri, Dio?"

"Dio...jes...tiel vi homoj nomas La Dezajniston. Vere tio estas preskaŭ la sola afero kiun vi homoj ĝuste komprenis. Viaj religioj kaj spiritaj ekzercoj estas ĝenerale misaj."

Aleksandro vidis konfuzitan kaj ĉagrenitan mienon aperi sur la vizaĝo de Katrina, kaj konstatis ke li jam diris tro. La Bonvenigo devus esti tempo de ĝojo. "Estos multe da tempo diskuti tion ĉi poste. Vi havas gastojn."

Ĉapitro 3: La Bonveniga Festo de Katrina

(Chapter 3: Katrina's Welcome Party, p. 63)

Katrina ekrimarkis du virinojn kiuj alpromenis. Ili ridetis ĝojege, vidante ŝin. La unuan virinon ŝi tuj ekkonis: estis ŝia patrino. Ŝi mortis kiam Katrina aĝis 20 jarojn. Ŝia koro doloris pro la jaroj dum kiuj ŝi sopiregis havi patrinon en sia vivo. Ŝajnis al ili, kvazaŭ ili ĉirkaŭbrakis unu la alian eterne. La patrino eĉ odoris same.

Kiam ŝia patrino finfine delasis ŝin, la alia virino paŝis proksimen, ankaŭ por ĉirkaŭbraki ŝin.

"Jen mia patrino," klarigis la patrino de Katrina.

Katrina ne memoris sian avinon; ŝi mortis kiam Katrina estis tre juna. La fotoj de la avino kiujn ŝia patrino havis ĉirkaŭ la domo montris multe pli aĝan virinon. Subite ŝi ekkomprenis, ke tiu ĉi loko forprenas ĉiujn signojn de malsano kaj aĝo. Homoj aperas ĉi tie en sia plej sana stato.

[27]

"Via patro alvenos baldaŭ. Li laboras, kaj ne povis tuj veni kiam via alveno anonciĝis."

Dum la tri virinoj parolis, Aleksandro malproksimiĝis de la loko. Li sciis, ke tiu ĉi parto daŭros iom longe. Se la plej malagrabla parto de gardanĝela laboro estas spekti la morton, la plej agrabla parto certe estas observi la bonvenigan feston. La festo ankaŭ ŝparas al li la devon respondi al ĉiuj demandoj de la novalveninto.

Baldaŭ alvenis al Katrina kaj ŝia patrino kaj avino ankoraŭ pli da homoj: onklo, tri onklinoj, kaj kelkaj amikoj de diversaj partoj de ŝia vivo. Ŝia patro poste alvenis, kaj ili duope forvagis kun la brakoj interligitaj kaj la kapoj preskaŭ tuŝantaj. Kiam ili revenis, la plejparto de la bonveniga grupo estis for. Ŝi kisis sian patron dum li redonis ŝin al Aleksandro.

"Mi pardonpetas, ke tio daŭris tiom longe. Tio ĉi estas... ĝi estas... nekredebla."

"Ne ekzistas longeco ĉi tie. Tempo signifas nenion ĉi tie. Tio ĉi estas ĉio. Eterneco."

"Ĉu mi iam denove vidos Olivian kaj Erikon... kiam ili alvenos? Ĉu mi povos esti ĉi tie por saluti ilin?"

"Plej verŝajne."

"Kion mi faru dum mi atendas?"

"Ĉiu havas laboron. Kiel vi vidis, estas dancistoj, muzikistoj, kaj membroj de la ĥoro. Estas anĝeloj, kiel mi. Gardanĝeloj, arkanĝeloj, heroldoj... estas ĉirkaŭ sep aŭ ok malsamaj niveloj de anĝeloj. Estas terformistoj kiuj laboras pri novaj mondoj..."

Ŝi interrompis lin. "Terformistoj?"

"Jes, la homoj kiuj kreas kaj setlas novajn mondojn. Mi kredas, ke Adamo kaj Eva estis la unuaj terformistoj sur via mondo."

"Ĉu estas homoj sur aliaj planedoj?"

"Ho jes, mi forgesis, vi homoj estas narcisismaj. Vi pensas, ke vi estas la solaj inteligentaj vivuloj. La universo estas vasta. Estas miloj da aliaj vivantaj estaĵoj sur aliaj planedoj dise tra la universo."

"Ĉu vere? Kial ni neniam renkontis iujn ajn el ili?"

"Ĉar vi ne estas pretaj. Homoj ne sukcesas agordiĝi kun aliaj samplanedanoj kiuj aspektas malsamaj aŭ havas aliajn opiniojn. Ĉu vi vere opinias, ke vi homoj bone agordiĝus kun... kiel vi nomas ilin..." Li pensis dum minuto, serĉante la ĝustan vorton... "Eksterteran oj?"

Katrina malfermis la buŝon por respondi, sed paŭzis. Ŝi ellasis tristan suspiron, "Vi ne malpravas. Ni povas esti sufiĉe aĉaj."

"Sed ne gravas; post proksimume ses mil jaroj, homoj finfine havos la okazon renkonti vivon ekster la Tero."

"Ses mil jaroj?"

"Ĉio estas relativa, ĉi tie en la eterneco." Li ĉesis promeni. "Ni alvenis."

Ili haltis antaŭ konstruaĵo kiu aspektis kiel antikva templo. Ili supreniris la ŝtuparon kaj eniris malgrandan korton. Trans la korto estis unuopa pordo. Li indikis ĝin al ŝi. "Jen via celo. Mi estos atendanta ĉi tie, kiam vi finos."

Ĉapitro 4: La Tago de Juĝo

(Chapter 4: Judgment Day, p. 69)

Katrina sentis sin nervoza forlasi Aleksandron. Ŝi konis lin nur mallonge – aŭ eble longe, kiu povus scii? Kiam ŝi unue ekkonstatis, ke ŝi mortis   , estiĝis en ŝi profunda, malluma tristeco. Ŝi lamentis la perdon de sia vivo. Tiom da aferoj estis nefinitaj. Ŝi estis malgaja, ke ŝi neniam vidos la plenkreskiĝon de Olivia, aŭ renkontos siajn genepojn. Estis maltrankvilige, lasi Erikon   eduki la filinon sola. Aleksandro forprenis ĉiom de tiu tristeco. Ju pli alte li levis ŝin en – kaj preter – la atmosferon, des malpli ŝi sentis sin konektita al tiu vivo. Li tenis ŝian manon en pli ol unu senco. Ŝi nun sentis sin tre sola malfermante la pordon.

La ĉambro estis blanka, tro blanka, blindige blanka. En la mezo estis longa blanka tablo. Ornamitaj blankaj seĝoj ĉirkaŭis la tablon. Laŭ la muroj estis longaj blankaj benkoj. Fine de la tablo estis trono kun ora skatolo kovrita per safiroj. Ambaŭflanke de la trono estis anĝeloj. La trongardistoj estis belaj anĝelegoj kun enormaj blankaj flugiloj. Ĉiu surhavis blankan robon kaj havis blankan hararon; ĉiu trajto estis perfekta. Kvankam ili aspektis identaj, estis evidente, ke unu estas vira kaj la alia estas virina. Ili parolis unisone.

"Katrina Celeste Mays.... Bonvenon."

Katrina apenaŭ povis toleri vidi la anĝelojn. Ŝi subite sentis sin tre malgranda. Ŝi deziris, ke Aleksandro gvidu ŝin tra tiu ĉi sperto. Ŝi ne certis, ĉu ŝi devus stari, surgenuiĝi, riverenci... ŝi sentis sin tre malkomforta.

"Aaa... d-dan-dankon," ŝi elbalbutis.

"Vi rajtas alproksimiĝi, kaj starigi unu demandon." Ili ambaŭ turniĝis kaj klinis la kapon al la trono.

Ŝi bezonis momenton por ekkompreni, ke ili kuraĝigas ŝin aliri la tronon kaj levi demandon... al La

Dezajnisto. Ŝi havis la rajton demandi ion al La Dezajnisto. Ŝi mortis, iris al paradizo, kaj nun havis la okazon demandi ion al Dio mem.

Ŝi hezitis, pensante rapide por provi decidi kiel uzi tiun ĉi momenton. Ne volante malŝpari la okazon per malgrava, sensignifa demando, ŝi decidis demandi pri io, kio plorigis ŝin plurfoje dum la vivo.

Ŝi promenis al la trono kaj diris, "Kial vi permesis, ke tiom da homoj suferu, speciale infanoj?"

Katrina ne sciis ekzakte kion atendi kiel respondon. Ĉu laŭtegan, sonoran voĉegon? Ĉu profundan, varman, baritonan voĉon kun perfekta prononco? Ŝi atendis, gvatante la skatolon sur la trono.

La respondo kiu venis estis multe pli kvieta ol ŝi estus diveninta kiel la voĉo de Dio. La voĉo parolis malrapide kaj intence, kiel pacienca instruisto provanta klarigi malfacilan koncepton al nekomprenema lernanto.

"Mi ne enplektiĝas en la aferoj de homoj. Al homoj estas donata libera decidpovo, kaj ili devas sperti la bonajn kaj malbonajn konsekvencojn de siaj agoj. Ĉiu homo respondecas pri la agoj de la homaro. Pli bona demando estus kial VI permesis la suferadon de infanoj? Vi respondecas unu pri la alia."

Antaŭ ol ŝi povis respondi, la supro de la skatolo malfermiĝis kaj aperis flamo. La voĉo denove parolis. "Venu antaŭen kaj rigardu en la flamon."

Dum ŝi spektadis la flamon, varmeco fluis tra ŝia korpo kaj plenigis ŝian menson. Tuj ŝi komprenis ke ŝi spertas la juĝon. Tempo ĉesis flui, kaj ŝi sentis plenan unuecon kun la universo. Ĉio pri ĉio subite kaj plene klariĝis al ŝi. Ŝi eksciis, ke la universo estas pli vasta ol ŝi iam imagis, kaj ke Dio – La Dezajnisto – estis pli granda ol ŝi iam imagis. Ĉio, kion ŝi kredis scii pri Dio, estis malĝusta kaj tro limigita. Ŝia subita rigardo en la vastecon de tempo kaj spaco donis signifon al la fakto de la ĉioscio kaj ĉiopovo de Dio.

Tiam ŝia tuta vivo pasis antaŭ ŝi. Ĉio, kion ŝi iam ajn faris: bona kaj malbona. Ŝi ekkomprenis ĉiun spiritan sperton kiun ŝi iam ajn havis... ĉiun fojon kiam Dio provis paroli al ŝi, kaj ŝi elektis ignori tion... ĉiun fojon, kiam ŝi aŭskultis Dion. Ŝi rimarkis kiom el ŝia vivo estis malŝparita pri egoismaj okupoj... en kiom da okazoj ŝi ignoris la eblecon helpi homojn.

Katrina ne rimarkis, kiam la flamo estingiĝis. Ŝi tie staris, gvatante la blankecon. Ŝi komprenis, kio estos ŝia rolo en la vivinteco.

"Estas al vi permesate foriri," diris unisone la trongardistoj.

Ĉapitro 5: Postenaj Eblecoj

(Chapter 5: Job Options, p. 75)

Katrina malrapide promenis el la ĉambro kaj trovis Aleksandron sidanta en la korto, kie ŝi lasis lin antaŭe.

Li ridetis kiam li vidis ŝin. "Kaprompe, ĉu ne?"

"Hodiaŭ estis la tago de mia juĝo," ŝi diris kviete.

"Jes ja." Li lasis ŝin sidi kun siaj pensoj, antaŭ ol demandi, "Kiun postenon vi ricevis?"

"Mi estos heroldo sur Zilon 3."

"Ho, ĉu heroldo? Tio estas sufiĉe bona posteno. Se vi alportos bonajn novaĵojn, la loĝantoj de Zilon verkos noblajn kantojn pri vi. Se malbonajn novaĵojn, ili kreos hororajn rakontojn por timigi siajn infanojn dum la nokto."

Ŝi pensis dum momento. "Ĉu estas homoj kiuj ricevas malbonajn postenojn?"

"Jes ja. Estas iuj sufiĉe malbonaj postenoj. Estas tiu de la terforma teamo. Ĉar estas ege grave, ke estu perfekteco de la komenco. Ĉiu peco de herbo, ĉiu grajno de sablo estas zorge elektita kaj pripense metita. Estas tede, kaj tio estas ies laboro. Se ili ne ĝuste faras, ili devas rekomenci."

"Ho, terure."

"Ankaŭ eblas esti nokta teruranto. Ili metas koŝmarojn en la mensojn de homoj. Sed antaŭ ol ili povas enmeti la koŝmaron, ili devas travivi ĝin por montri ĝian efikecon."

"Nu. Tio estas la plej malbona." Ŝi paŭzis, malridetante. "Kial iu ajn akceptus tiel terurajn postenojn? Ĉu eblas rifuzi?"

"Se oni rifuzas, oni iĝas unu el la forsenditoj."

"Kiel la Diablo, ekzemple?"

"Nu... iom. Fakte la tasko de la Diablo estas regi la forsenditojn. Ili ne rajtas resti ĉi tie. Ili neniam rajtos denove vidi siajn amatojn. Ili ne povos rerajtigi sin. Eĉ homoj kiuj faras terforman postenon aŭ estas nokta teruranto povas iam regajni siajn rajtojn. Sed ne la forsenditoj."

Ili silentiĝis kunpromenante. Katrina havis tiom multe da   demandoj. Ŝi sentis, ke ne estus ĝuste superŝuti Aleksandron per ĉiuj demandoj samtempe. Ĉar ŝi perdis ĉian koncepton de tempopaso, ŝi havis nenian ideon kiom da tempo pasis ekde ŝia morto. Sed ŝi ekkomprenis la ideon de eterneco kaj konsciis, ke ŝi povus iom post iom levi ĉiujn siajn demandojn.

Aleksandro interrompis ŝiajn pensojn. "Mi kondukos vin al via nova laborposteno, sed unue mi devas halti survoje."

Ĉapitro 6: Ekskurso al la Infanĝardeno

(Chapter 6: A Trip to the Kindergarten, p. 79)

Ili turniĝis flanken en malgrandan ĝardenon kaj Katrina dume aŭdis la sonon de infana ridado.

"Kie ni estas?"

"Ni ŝatas nomi ĝin la Infanĝardeno."

"Ĉi tien iras la infanoj?" La penso de mortintaj infanoj tristiĝis ŝin multe. Ŝi scivolis pri iliaj gepatroj kaj la doloro kiun ili spertis, perdinte siajn etulojn. Ŝia tristeco forfandiĝis tuj kiam ŝi ĉirkaŭiĝis de kurantaj kaj ludantaj infanoj.

"Jes. La infanoj rajtas resti ĉi tie en la Infanĝardeno tiom longe, kiom ili deziras. Kiam ili pretos, ili ricevos laborpostenon. Sed la beboj revenas."

Ŝi estis konfuzita, dum ŝi rigardis lin preni en siajn brakojn rondetan bebon kun bukla hararo kiu sidis sur la herbo. "Kion vi celas, 'la beboj revenas'?"

"La Dezajnisto kredas, ke beboj estis tro junaj por infektiĝi je la malbeleco de sia mondo. Do, ili ricevas novan komencon. Post kiam mi lasos vin ĉe via posteno, mi liveros tiun ĉi belulinon al ŝiaj novaj gepatroj."

Katrina ridis. "Kiu vi estas, la cikonio?"

Aleksandro paŭzis, provante kompreni la aludon al tiom malbone konata birdspecio. Tiam la ŝerco trafis lin, kaj li ridetis. "Eblus diri tion, ja." Li donis la bebon al Katrina. "Mi ŝatus, ke vi ekkonu Gwendolyn Marie Sanchez."

"Gwendolyn...tiu estas la nomo de mia patrino."

"Jes, Olivia tre ŝatas tiun nomon." Li atendis, ke Katrina ekkomprenu.

"Tiu ĉi estos la bebo de Olivia?" Ŝi mirgapis al la bebo, kaj poste ĉirkaŭbrakis ŝin forte, kaj kisis ŝian frunton. "Jen mia nepino?"

"Jes. Post kiam mi kondukos vin al via laboro, mi kunportos ŝin al la Tero."

"Olivia naskas bebon...nun? Kiom longe mi jam estis for?"

"Kiam mi lastfoje kontrolis, pasis dek kvin jaroj."

"Ĉu mi estas mortinta jam dek kvin jarojn? Ŝajnas al mi, kvazaŭ ni ĵus alvenis ĉi tien. Ni ankoraŭ ne manĝis, ne dormis. Ni nur ĉirkaŭpromenis."

"Mi scias, ke tiel ŝajnas, sed tio estas eterneco. Sur la Tero, dek kvin jaroj ja pasis."

Ili plupromenis. Katrina apenaŭ atentis pri tio, kien ili promenis. Ŝia atento svingiĝis inter la bebo kaj imagoj de la vivo de Olivia kaj Erik. Kiel estis la pasintaj dek kvin jaroj por ili? Ĉu li reedziĝis? En kiu universitato i Olivia studis? Kia homo ŝi estas, kiel plenkreskulo?

Ŝi tiom perdiĝis en siaj pensoj, ke Katrina ne rimarkis kiam dua homo alvenis.

"Katrina?" Aleksandro revokis ŝin al la nuna momento. "Jen Marianne."

Alta virino staris antaŭ ili. Ŝi estis tre svelta, kaj ŝia haŭto estis iom bluverdeta. Ŝia blanka hararo estis longa kaj rekta. Ŝiaj okuloj estis oranĝkoloraj kaj ŝi rigardis Katrinan kun simpatia rideto.

"Katrina, bonvenon. Mi estos via gvidanto al Zilon 3. Mi helpos vin lerni kiel esti heroldo."

"Estas plezuro renkonti vin." Ŝi rigardis al Aleksandro. "Mi supozas, ke nun estas tempo adiaŭi?"

"Ne ekzistas adiaŭoj en eterneco... prefere nur ĝis revidoj." Estis longa, malkomforta paŭzo. "Mi devas preni la bebon."

"Kompreneble." Katrina ĉirkaŭbrakis kaj kisis la bebon unu plian fojon antaŭ ol transdoni ŝin al Aleksandro. "Ĝis revido, Gwendolyn."

Ĉapitro 7: Katrina, la Heroldo

(Chapter 7: Katrina, The Herald, p. 83)

Kaj do, Katrina komencis sian aventuron en la vivinteco: La Eminenta Heroldo de Zilon 3. Ŝi anoncis la naskiĝojn de reĝoj, avertis estrojn pri militoj, kaj liveris viziojn al klerikoj. La antaŭsupozo de Aleksandro realiĝis; baladoj kaj rakontoj disvastiĝis pri ŝia alveno tra la lando.

Unu tagon, kiam Katrina revenis liverinte avertojn al du militantaj frakcioj, ŝi trovis, ke Marianne atendis ŝin.

"Marianne, kia agrabla surprizo. Mi ne vidas vin de iom da tempo."

"Saluton, Katrina. Mi vidas, ke vi bonfartas." La du virinoj mallonge ĉirkaŭbrakis unu la alian. "Mi alportas al vi bonan novaĵon, Eminenta Heroldo."

Katrina malridetis. "Bonan novaĵon?"

"Oni vokas vin al bonveniga festo."

La okuloj de Katrina ekbrilis je ĝojsurprizo. Nur unu fojon dum la 'jaroj' ekde ŝia alveno ŝi partoprenis bonvenigan feston. Ĝi estis por ŝia plej bona amikino. Ili kune pasigis tiom multe da tempo ridante kaj rakontante pri komunaj memoroj, ke la anĝelo devis fortiri la amikinon.

Katrina hastis al la kolonoj. Kvankam ŝi iris tien nur dufoje, ŝi konis la vojon bone. Ŝi aŭdis la kantadon de malproksime kaj plirapidiĝis. La muziko estis malsama ol tiu, kiun ŝi memoris de sia propra bonveniga festo — komprenble ĉies muziko estis malsama — sed ĝi ankoraŭ estis ĝoja festo.

Malproksime, Katrina vidis du homojn kiuj estis proksimiĝantaj al la kolonoj. Unu el ili ŝi tuj rekonis. Aleksandro estis unu el la plej belaj gardanĝeloj kiujn ŝi iam ajn renkontis. Liaj frapa beleco kaj memfida promeno estis facile rekoneblaj. Malrapide la alia homo ekvideblis. La unuan fojon post sia alveno,

Katrina ekploris; jen larmoj de ĝojo. Ŝi ekkuris por renkonti Aleksandron kaj Erikon.

English

The Afterlife

Chapter 1: Welcome to the Afterlife

(Ĉapitro 1: Bonvenon al la Vivinteco, p. 17)

Alexander had only lived among the humans for about three hundred years. That was but a brief time compared to many of his other fellow guardian angels. He knew one guardian, who had been on Earth for over two thousand years and had actually witnessed the crucifixion of Jesus. It was a difficult time to be a guardian angel back then. The spiritual energy on Earth was very high at that time; evil spirits were waiting to attack humans at every turn.

Two millennia later the evil spirits were still active, but nowadays their ways were subtler. Modern technology made it easier and people were becoming more susceptible. The internet allowed millions to be influenced, touched, persuaded with the press of a few keys. People spent more time staring at screens than they did out in nature and they weren't doing much to protect their minds. The average human existed to be entertained.

As the human population had expanded there were too many of them for guardian angels to fulfill their original charge of protecting humans. Now the angels served more as intuition. That small still voice that whispered warnings to avoid a dark alley, or to check and make sure a door was locked. They spent most of their time watching, whispering, and guiding the newly deceased to the afterlife.

Alexander dreaded guiding more than anything else. He never knew if the person he was assigned was going to welcome and accept death or try to fight it. Even though he knew the exact moment and time of the person's death, it always seemed to catch him by surprise . . . like today.

Alexander sat perched upon a roof looking at the street below . . . waiting. He could have just as easily stood on the corner of the street and waited. Being seen by humans was never a worry. Angels exist just outside the human range of vision, like when you turn and look but just miss a person who has walked by. Sitting on the roof, he could get a full view of the accident that was about to unfold before him.

At exactly 8:03 p.m. Katrina Mays turned south on Brookway Avenue. She was driving a blue Toyota Camry going exactly 37 mph. Her thirteen-year-old daughter, Olivia, sat in the passenger seat next to her. The two were singing old '80s songs at the top of their lungs. Olivia was laughing at how corny her mom's old music sounded. Katrina was impressed that Olivia knew all the words.

At exactly 8:05 p.m. Richard Danders turned north on Brookway Avenue. His pickup truck was going exactly 63 mph. Not that Richard knew this, the needle was still in his arm from the shot of heroin he recently purchased. He didn't know where he was, how fast he was going, and he didn't feel a thing when he crossed the yellow line and slammed into Katrina's car head-on.

Later the police would tell her husband, Erik, that it was a miracle Olivia wasn't hurt. While the car had spun and eventually crashed into a telephone pole before stopping, there was no damage to the passenger side. The driver's side was a different story. They had to cut Katrina from the car, then airlift her to a nearby hospital.

At the hospital Alexander avoided the waiting room. He knew Erik and Olivia were there waiting, hoping that Katrina would survive. He couldn't stand to watch their hope turn to despair, grief, then anger, once they learned the truth he already knew. What they did not understand—could not understand at this point in time—was the purpose of Katrina's death. Olivia would be so outraged at the heroin epidemic that was plaguing their city that she would become a medical researcher and discover a way to turn off the brain's addictive mechanism. Her work would save the lives of millions. And the cost of that miracle discovery: her mother's life.

Alexander sat quietly, unnoticed in the corner of the operating room while a surgeon worked feverishly to save Katrina's life. He knew the surgeon's work was in vain. He had been sent there to retrieve Katrina's soul. It was time for her to leave.

The moment finally came. Katrina's body convulsed, one of the machines she was hooked to started beeping furiously. He watched as a mist started to rise from her body. It glowed as it grew, until finally her spirit fully separated from her body, floated to the top of the room, and coalesced into a transparent, ghost-like reflection of Katrina.

Katrina's spirit looked around the room. She saw the body—her body—laying on the operating table and she gasped. She noticed that everyone was focused on the body and no one saw her, except for a beautiful man sitting in the corner; he was watching her intently.

"Am I . . . dead?"

Alexander nodded.

"Olivia?"

"She's okay. Just a few scratches."

"Can I see her?"

"No."

"Erik?"

"He's with her. They'll be okay."

"I can't say goodbye?"

Alexander shook his head. He had learned, the hard way, that was one of the worst things to do. People had a difficult enough time accepting their own death. Giving them a chance to see their loved ones one more time made leaving that much harder. It was better to let them have a moment to process their new reality and move on. He was sure that if Katrina was physically able to, she would have cried. As her new form would not allow tears, she just floated, sadly looking at her mangled body.

After a few moments he floated up to her and put his hands on her shoulders. "It's time to go."

"Where are we going?"

"To start your afterlife."

Chapter 2: The Voyage Beyond

(Ĉapitro 2: La vojaĝo preter la vivo, p. 23)

Alexander maneuvered Katrina out of the hospital. Once they were outside, he spread his wings as he prepared to take flight. Katrina stared at him in awe.

"You're an angel," she said with much relief in her voice. "Does that mean I'm going to heaven?"

"Heaven and hell are not physical places the way you humans think of them. They are more like different levels of an experience. If overall you've been a good person, you'll have a good experience in the afterlife. If overall you've been a bad person, you'll have a bad experience in the afterlife. It isn't an absolute." He never could get the explanation right and her confused expression confirmed that he had once again failed to adequately describe heaven and hell. He gave up. "You'll see when we get there."

He took her hand, intertwining their fingers, and they began to ascend. They climbed above the buildings and above the trees. As they climbed into the clouds, she was very glad he was holding her hand, lest she float off. She watched with the amusement of a child as the details of life on Earth faded away into abstract collections of brown, green, and blue. Then the colors gave way to darkness. In the distance she could see the glow of the sun, the moon, and thousands of stars. She took guesses in her mind about what other planets they were passing as they continued to climb.

When they finally arrived at their destination, Katrina could hear singing in the distance. The most beautiful singing she had ever heard. Perhaps a hundred—or even a thousand—voices singing in perfect harmony. She had never heard the song before but she felt it in the core of her being. The music filled her with joy. It made her smile and gave her energy.

Alexander set her down on the "ground." She imagined for a moment that this must be what it would feel like to walk on a cloud. It was soft and fluffy; their movement was more of a glide than a walk.

In the distance Katrina saw two large pillars. She could not see how tall they were because they disappeared into the clouds. As they walked towards the pillars the singing became clearer. She could see, just beyond the pillars there was a group of people standing in a half circle singing. In the center of the circle were three musicians playing instruments she had never seen before. Around the edges of the group were more people dancing.

As they approached the pillars, Alexander stretched out his hand, inviting her to go through, and said, "Your welcome party."

"This is all for me?" she asked with much surprise in her voice. "It's so beautiful."

"Music, song, and dance are the most beautiful gifts from The Designer. They are meant to be enjoyed, food for the spirit. This is The Designer's way of welcoming you."

"The Designer?" She looked confused. "You mean God?"

"God . . . yes . . . that is what you humans call The Designer. Really that's about the only thing you guys got right. Your religions and spiritual exercises are generally misguided."

Alexander could see a look of dismay and confusion growing on Katrina's face; he realized he had said too much. The Welcoming was supposed to be a time of joy. "There's plenty of time to discuss this later. You have guests."

Chapter 3: Katrina's Welcome Party

(Ĉapitro 3: La Bonveniga Festo de Katrina, p. 27)

Katrina looked up to see two women approaching her. They were smiling with great joy to see her. The first woman she knew instantly, it was her mother. She had died when Katrina was in her twenties. Her heart ached from the years that she had missed having a mother in her life. They hugged for what felt like an eternity. She even smelled the same.

When her mother finally released her, the other woman stepped forward to hug her too.

"This is *my* mother," Katrina's mother explained.

Katrina did not remember her grandmother; she had died when Katrina was very young. The pictures that her mother had around the house were of a much older woman. That's when she realized that this place took away all signs of sickness and age. People here appeared as they did when they were at their healthiest.

"Your father will be around soon. He is working and wasn't able to come when your arrival announcement sounded."

As the three women stood around talking, Alexander removed himself from the scene. He knew this part was going to take a while. If watching a person die was the worst part of being a guardian, then witnessing the welcoming party had to be the best part. It also saved him from needing to answer all of the newcomer's questions.

Katrina, her mother, and grandmother were soon joined by an uncle, three aunts, and a handful of friends from various parts of her life. Her father arrived later and the two of them walked off, arms interlocked, heads almost touching, deep in conversation. By the time they returned, most of the welcoming party had disbanded. She kissed her father as he returned her to Alexander's side.

"I'm sorry that took so long. This is . . . it's . . . incredible."

"There's no such thing as long. Time has no meaning here. This is it. This is eternity."

"Will I get to see Olivia and Erik again . . . when they come? Can I be here to greet them?"

"Most likely."

"What am I going to do while I wait?"

"Everyone has a job. As you've seen, there are dancers, musicians, and choir members. There are angels like me. Guardian angels, arch angels, heralds . . . there are about seven or eight different levels of angels. There are terra formers who work on the new worlds—"

She interrupted him, "Terra formers?"

"Yes, the people who create and populate new planets. I believe Adam and Eve were your world's first terra formers."

"There are people on other planets?"

"Oh, that's right, I forgot you humans are narcissists. You think you're the only intelligent life forms. The universe is vast. There are thousands of other life forms on other planets scattered throughout the universe."

"Really? How come we've never encountered any of them?"

"Because you're not ready. Humans can't get along with other humans who may look different or have different opinions. Do you really think you would do well with . . . what do you call them . . . ?" He thought for a minute, looking for the right word . . . "Aliens?"

Katrina opened her mouth to respond then paused. She let out a sad sigh, "You're not wrong. We can be pretty awful."

"But no worries in about six thousand years humans will finally get the opportunity to encounter life beyond earth."

"Six thousand years?"

"It's all relative here in eternity." He stopped walking. "We're here."

The two had stopped in front of a building that looked like an ancient temple. They walked up the steps and entered a small atrium. At the far end of the atrium was single door. He pointed to it. "That is your destination. I'll be waiting here when you're done."

Chapter 4: Judgment Day

(Ĉapitro 4: La Tago de Juĝo, p. 33)

Katrina was apprehensive about leaving Alexander. She had only known him a brief time—or maybe it was a long time, who could tell? When she first realized she was dead, there was a deep dark sadness. She was sorry to leave her life. So many things were left unfinished. She was sad that she would never see Olivia grow up or get to meet her grandchildren. She felt apprehensive about leaving Erik to raise a girl alone. Alexander had taken all of that sadness away. The higher he pulled her into the stratosphere and beyond the less connected she felt to that life. He had held her hand in more ways than one. She now felt very alone as she opened the door.

The room was white, too white, a blinding white. There was a long white table in the middle. Ornate white chairs around the table. Long white benches along the walls. At the end of the table set a throne with a golden box covered in sapphires. On each side of the throne there was an angel. The throne keepers were large beautiful angels with massive white wings. Each wore a white robe with white hair; everything about their features were perfect. While they looked almost identical it was obvious one was male and the other was female. They spoke in unison.

"Katrina Celeste Mays . . . Welcome."

Katrina could barely tolerate the sight of the angels. She suddenly felt very small. She wished Alexander was here to guide her through this process. She wasn't sure if she should be standing, kneeling, bowing . . . she felt very out of place.

"Um . . . tha-tha-thank you," she managed to stutter.

"You may approach, and ask one question." They both turned and nodded to the throne.

It took a moment for it to register with Katrina that they were instructing her to approach the throne and ask a question . . . to The Designer. She was being allowed to ask The Designer a question. She had died, gone to heaven, and was getting an opportunity to ask God himself a question.

She hesitated, her mind racing trying to decide on how to spend this moment. Not wanting to waste this opportunity on some trivial, meaningless question she decided to ask something that she had cried about many times in her life.

She walked towards the throne and began, "Why have you allowed so many people to suffer, especially children?"

Katrina wasn't exactly sure what to expect for her response. A big loud booming voice? A deep rich baritone with perfect diction? She waited, staring at the box on the throne.

The reply that came was much quieter than she would have guessed for the voice of God. The voice spoke slowly and deliberately. Like a patient teacher trying to explain a difficult concept to a struggling student.

"I do not interfere in the affairs of humans. Humans are given free will and they must deal with the rewards and the consequences of their actions. All humans are responsible for the actions of mankind. A better question would be why did YOU allow the suffering of children? You were responsible for one another."

Before she could respond the top of the box flipped open and a flame appeared. The voice spoke again. "Come forward and look into the flame."

As she stared into the flame, a warmness overcame her body and filled her mind. Immediately she understood that she was going through judgment. Time stood still and she felt as one with the universe. Everything about everything was suddenly crystal clear. She realized that the universe was larger than she ever imagined and that God —The Designer—was larger than she had ever imagined. Everything she thought she knew about God was wrong and too limited. Her sudden glimpse into the vastness of time and space gave meaning to the reality of God being omniscient and omnipotent.

And then her whole life passed before her. Everything she had ever done—good and bad. She began to understand every spiritual encounter she had ever had. Every time God tried to speak to her and she chose to ignore it. Every time God spoke to her and she listened. She realized how much of her life she had wasted on selfish endeavors. How many opportunities there were for her to help people that she ignored.

Katrina didn't notice when the flame had died out. She stood there, staring into the whiteness. She understood what her role was in the afterlife.

"You are dismissed," the throne keepers said in unity.

Chapter 5: Job Options

(Ĉapitro 5: Postenaj Eblecoj, p. 39)

Katrina slowly walked out of the room and found Alexander sitting in the atrium where she had left him.

He smiled when he saw her. "Pretty mind blowing, huh?"

"This was my judgment day," she said in a quiet voice.

"Yes, it was." He let her sit with her thoughts before asking, "What job did you get?"

"I'm going to be a herald on Zilon 3."

"A herald? That's a pretty good job. If you bring good news, the inhabitants of Zilon will write great songs about you. If you bring bad news, they'll make up horror stories to scare their kids at night."

She thought for a moment. "Are there people that get bad jobs?"

"Oh yeah. There are some pretty bad jobs. There is Tedition, that is a role on the terra forma crew. You see, it is very important that 'In the beginning' is perfection. Every blade of grass, every grain of sand is carefully picked out and thoughtfully placed. It's tedious and that is someone's job. If they don't do it right, they have to start all over."

"Oh, that's horrible."

"You could also be a night terror. They plant nightmares in people minds. But before they can plant the nightmare, they must live through it to show its effectiveness."

"Okay. That's even worst." She paused, frowning. "Why would someone take such horrible jobs. Can you say no?"

"If you say no, then you become one of the banished."

"Like the devil?"

"Well . . . kind of. The devil's job is actually to keep the banished in check. The banished can't stay here. They never get to see their loved ones again. They don't get an opportunity at redemption. Even people who end up in Tedition or as night terrors can eventually be redeemed. But not the banished."

The two fell quiet as they walked along. Katrina had so many questions. She didn't feel right bombarding Alexander with all of them at once. Because she had lost all concept of time, she had no clue how long it had been since she died. But she was beginning to understand this idea of eternity and knew she would be able to ask all of her questions in due time.

Alexander interrupted her thoughts. "I'm going to take you to your new job, but first I have a stop to make."

Chapter 6: A Trip to the Kindergarten

(Ĉapitro 6: Ekskurso al la Infanĝardeno, p. 43)

The two turned into a small garden and as they entered Katrina could hear the sound of children laughing.

"Where are we?"

"We like to call it the Kindergarten."

"This is where the children go?" The thought of children dying made her feel very sad. She wondered about their parents and the pain they had to go through losing their little ones. Her sadness melted away as she was soon surrounded by little ones running and playing.

"Yes. The children can stay here in the Kindergarten as long as they like. When they are ready, they get a job. But the babies go back."

She was confused as she watched him pick up a chubby curly haired baby girl who was sitting in grass. "What do you mean 'the babies go back'?"

"The Designer believes that the babies were too young to have been tainted by the ugliness of the world they came from. So, they get a fresh start. After I drop you off, I'm going to deliver this beauty to her new parents."

Katrina laughed. "What are you, the stork?"

Alexander paused, trying to mentally process her reference to such an obscure bird. Then the joke registered and he smiled. "You could say that." He handed the baby to Katrina. "I would like for you to meet Gwendolyn Marie Sanchez."

"Gwendolyn . . . that's my mother's name."

"Yes, Olivia is quite fond of that name." He waited for Katrina to understand what he was saying.

"This is going to be Olivia's baby?" She stared at the baby with wonder, then hugged her tightly and kissed her forehead. "This is my granddaughter?"

"Yep. After I take you to your assignment, I'm taking her to Earth."

"Olivia's having a baby . . . now? How long have I been gone?"

"The last time I checked, it was fifteen years."

"I've been dead for fifteen years?!?! It feels like we just got here. We haven't eaten, we haven't slept. We've just been walking around."

"I know it feels that way, but that is the nature of eternity. On Earth, fifteen years have gone by."

The two continued to walk. Katrina wasn't paying much attention to where they were going. Her attention oscillated between the baby and the visions of Olivia and Erik. What have the past fifteen years been like for them? Did he remarry? Where did Olivia go to college? What was she like as an adult?

She was so lost in her thoughts that Katrina did not notice when the second person joined them.

"Katrina?" Alexander was calling her back to the present moment. "This is Marianne."

A tall woman stood before them. She was extremely slender and her skin had a bluish green tint to it. Her white hair was long and straight. Her eyes were orange and she stared at Katrina with a pleasant smile.

"Katrina, welcome. I'll be your guide to Zilon 3. I am going to help you learn what it means to be a herald."

"It's nice to meet you." She looked at Alexander. "I suppose this is goodbye?"

"There are no goodbyes in eternity . . . more like, until next time." There was a long awkward pause . . . "I need to take the baby."

"Of course." Katrina hugged and kissed the baby once more before handing her over to Alexander. "Until next time, Gwendolyn."

Chapter 7: Katrina, The Herald

(Ĉapitro 7: Katrina, la Heroldo, p. 47)

And so, Katrina began her adventure in the afterlife: The Great Herald of Zilon 3. She announced the birth of royalty, warned leaders of wars, and delivered visions to clerics. Alexander's prediction came true as ballads and stories were told of her coming throughout the land.

One day as Katrina was returning from delivering warnings to two warring factions she found Marianne waiting for her.

"Marianne, what a pleasant surprise. It's been a while."

"Hello, Katrina. I see you're doing well." The two women hugged briefly. "It is I who brings good news to you, great Herald."

Katrina frowned. "Good news?"

"You've been summoned to join a welcome party."

Katrina's eyes lit up. Only once during the "years" since she had been there had she participated in a welcome party. It had been for her best friend. The two spent so much time together laughing and reminiscing over old times that her friend's angel had to pull the woman away.

Katrina quickly made her way to the pillars. Even though she had only been there twice, she knew the way. She heard the singing from a distance and quickened her pace. The music was different than what she remembered from her Welcoming party—of course everyone's music was different—but it was still a joyous celebration.

In the distance, Katrina could see two figures gliding towards the pillars. One she recognized right away. Alexander was by far one of the most beautiful guardian angels she had ever encountered. His striking features and confident stride were hard to miss. Slowly the other figure came into view. For the first time since her arrival, Katrina cried; they were tears of joy. She raced out to meet Alexander and Erik.

Esperanto

La Tago Kiam La Mortinto Sekvis Min Hejmen

Tradukisto: Alena Adler (https://alenafenomena.com)

Ĉapitroj 1 kaj 2

Ĉapitro 1: Mi Vidas Mortintojn

(Chapter 1: I See Dead People, p. 101)

Mi vidas mortintojn. Ĉiutage. Ĉie, kien mi iras. Ĉe la butiko. En la parko. Dum promeno tra la strato. Iĝis tiom kutima afero, ke foje, mi malfacile distingas inter mortintoj kaj vivantaj homoj. Ekzemple, hodiaŭ, en la buso.

Jen maljunulo, kiu dormis en la malantaŭo, brakoj interfalditaj, sino kiu leviĝis kaj falis regule. En alia vico, du adoleskantoj sidis unu apud la alia, ĉiu fikrigardadis sian telefonon. Evidentis, ke ili vojaĝis kune, ĉar de tempo al tempo, unu diris ion al la alia. Jen juna virino, kiu legis libron. Jen mezaĝa viro, kun enorela kapaŭskutilo, kiu indikis ian ritmon per sia kapo. Mi tutcertas, ke ili ĉiuj vivis.

Sed ne la juna viro, kiu sidis trans unu el la pordoj. Li havis mallongan buklan hararon; eble nigran, eble brunan. Estis malfacile distingi, ĉar lia koloro estis misa. Lia haŭtkoloro estis svaga. Samkiel en tiaj fotoj, kiujn oni vidas; de homoj, kiuj estis proksimaj al incendio aŭ eksplodo. Tiuj homoj estas tiom cindrokovritaj, ke ne eblas distingi la haŭtkoloron. Li rigardadis fikse la plankon.

Mi suspektis, ke li estis nova fantomo. Li strebis teni sian formon, kaj resti sufiĉe tuŝebla, ke li povu sidadi en la seĝo, sen traflosi la malsupron de la buso. Oni informis min, ke tio postulas multan energion en la komenco. Estis fascine, spekti tion, sed mi faris la eraron observadi lin tro longe. Li levis siajn okulojn, kaj ni ekrigardis nin.

Liaj okuloj larĝiĝis. "Vi vidas min, ĉu?"

Kaptita. Estus facile, ŝajnigi ke mi ne vidis. Fermi miajn okulojn, kaj neniam rerigardi; sed tio ne estis parto de mia naturo. Mi povis deteni min de agnoski lian ĉeeston, tiom, kiom mi povis deteni mian sekvan enspiron. Mi eble povos prokrasti ĝin, sed iam, ĝi okazos. Do, mi simple kapjesis.

Kun sia fokuso turninta al mi, li subite komencis sinki en la seĝon. Li turnis la atenton denove al si; ekstaris, kaj piediris—flosis? sinmanovris? —al la malplena seĝo apud mi.

Li klinis sin al mi, brovoj levitaj. "Kiel vi povas vidi min? Mi vagis dum iom da tempo; neniu povis vidi min."

Mi tordis mian buŝon en rideton. "Temas pri donaco." Kaj per *donaco* mi celas malbenon kiu tormentas min tagnokte, kaj interrompas ĉiun parton de mia ekzisto, tiel, ke mi neniam povis vivi normalan vivon. Sed Avinjo nomis ĝin donaco, do jen la termino kiun mi uzas. Tio sentigas min pli komforta.

Li klinis sian kapon al unu flanko. "Ĉu vi scias, kio misas pri mi? Kial mi estas tiel ĉi? Mi scias ke mi mortis, sed mi atendis esti aliloke . . . vi scias . . . kiel, la ĉielo. Kial mi ne iris en la ĉielon?"

Parolemulo. Mi levis mian manon kaj kapneis por haltigi lin de paroli. Mi parolis tre mallaŭtvoĉe, apenaŭ movis miajn lipojn, "Mi ne povas paroli al vi ĉi

[91]

tie. Homoj supozos min freneza. Mi eliros post du haltejoj; vi povos veni kun mi."

"Ĉu vere?" Li demandis kun larĝa rideto. "Dankon . . . atendu, kiel vi nomiĝas?"

"Akila."

"Akila. Dankon, Akila. Mi estas Morio. Plezure." Li etendis sian manon por manpremi. Kutimo de vivantoj.

Ĉapitro 2: La Morto de Morio

(Chapter 2: The Death of Morio, p. 105)

Mia nomo estas Akila, kaj mi estas klarvidisto—spiritisma mediumo. Morio ne estis la unua fantomo, kiu vizitis mian apartamenton. Iom post iom, mi lernis pliigi la spiritan energion en mia hejmo. Tio faciligas al ili, reteni tuŝeblan formon. Tuj, kiam Morio trapasis la pordon, lia korpo iĝis malpli travidebla, kaj lia koloro heliĝis. Li aspektis preskaŭ kiel vera homo.

Estis amuze, spekti lin studi siajn manojn kaj korpon, dum li ĉirkaŭpromenis, tuŝante objektojn. "Kiel vi faris tion?" Li demandis en mallaŭta, senkreda voĉo.

"Ne temas pri mi, temas pri la kristaloj." Mi indikis la blankajn, rozkolorajn, bluajn, kaj verdajn rokojn, dismetitajn tra la ĉambro. Iuj pendis de ĉenoj;

aliaj sidis en bovloj. Kelkaj, sur la fenestrobreto, reflektis la sunlumon.

"Tiuj kreas multan energion en la spaco, ke vi povu tuŝi aferojn. Kaj eksidi, senpripense." Mi indikis la sofon, dum mi sidiĝis en la remburitan seĝon.

Li sin pozis zorgeme sur la rando de la sofo, senmove, atendante. Tiam, li sin puŝis malantaŭen en la sofon kaj malstreĉiĝis. "Aaaah . . ."

Mi estis preta ricevi respondojn. "Ekde kiam vi estas morta?"

Li pensis momente. "Kio estas la dato?"

"La dek-kvina de majo."

"Jam la dek-kvina de majo? Kiel povus esti, ke tiom da tempo pasis?"

"Kio estas la lasta afero, kion vi memoris?"

"Novjariĝo. Festumante kun mia koramikino, kaj ŝiaj geamikoj." Lia voĉo kvietiĝis, "Mi vagis per tiu buso dum preskaŭ kvin monatoj?"

"Tempo iom perdas sian signifon, kiam oni estas mortinto," mi klarigis. "Kiel vi mortis?"

"Min trafis buso." Li paŭzis; sekve aldonis, "Tio ne mortigis min tuj. Mi mortis kelkajn tagojn poste, en la hospitalo."

"Ĉu vi iris al juĝado?"

Li sulkigis la brovojn. "Mi ne scias, kion tio signifas."

"Laŭ mia kompreno, estas momento, baldaŭ post via morto, en kiu, vi vidas vian tutan vivon laŭ ekstera perspektivo. Por iuj, estas kiel flamo en la sino, por aliaj, ĝustigo de la pesiloj. Varias." Mi rapide aldonis, "Tion oni diris al mi. Mi neniam estis mortinta sufiĉe longe por sperti juĝadon mem."

Li kapneis. "Mi memoras nenion tian. Estis malhele. Jen voĉoj. Pulsoj de lumo. Mi flosis. Kaj tiam, mi estis en la buso . . . iele-tiele . . . mi strebis regi tiun ĉi korpon, por resti en la buso." Li elparolis la vorton "korpon" kun malestimo.

Jen konata rakonto. Mi klarigis al li lian situacion. "Vi mortis. Vi ne iris al jugado, ĉar io tiris vin reen. *Iu* tiris vin reen."

Li levis unu brovon. "Iu retiris min? Kiu?

"Iu, kiu estis tre tuŝita de via morto. Iu, kiu mornas tiom profunde, tiom intense, ke tiu ne povas antaŭenigi sian vivon."

Li kapneis. "Mi ne povas imagi, kiu mornus min."

"Gepatroj?"

"Mortintaj."

"Amanto? Spozo?"

"Koramikino. Mi certas, ke ŝi ne mornis min longe."

"Geamikoj?"

"Mi ne havis multajn." Li ŝajnis trankvila, pensema. Li prenis la kristalon, kiu kuŝis sur la flanka tablo, kaj komencis turnadi ĝin en sia mano.

Klare estis pli, kion li volis diri. Mi plu silentis. Atendis.

Li komencis denove, malrapide dekomence, kaj baldaŭ la vortoj ruliĝis rapide, "Neniu mornas min, ĉar mi estis fekulo. Estas neniu kiu bedaŭras mian morton. Buso trafis min, ĉar mi estis drogita, preter ĉiuj limoj, kaj mi elpaŝis antaŭ ĝi. Mia korpo ne sufiĉe fortis fizike, por travivi la traŭmon; ĉar temis pri la kvara tago de droĝaĉa diboĉo. La buso ne mortigis min. Mi mortigis min."

Kaj tiel, mi ekkomprenis kiu haltigis lin de pluriri. La busŝoforo.

English

The Day the Dead Man Followed Me Home

Chapter 1: I See Dead People

(Ĉapitro 1: Mi Vidas Mortintojn, p. 89)

I see dead people. Everyday. Everywhere I go. At the store. In the park. Walking down the street. It has become such a normal thing that I sometimes have trouble distinguishing between the dead and the living. Like today, on the bus.

There was an old man sleeping in the back, arms crossed, head down, his chest steadily rising and falling. In another row two teenagers sat next to each other, each one staring intently at their cell phone. They were traveling together as one would occasionally say something to the other. There was a younger woman reading a book and a middle-aged man with earbuds on nodding his head to a beat. I'm quite certain they were all alive.

But not the young man who sat across from one of the doors. He had short curly hair; maybe it was black, maybe it was brown. It was hard to tell because his color was off. His skin tone was muted. Like those pictures you see of people who have been near a fire or explosion, and everyone is so covered with ash that you can't tell the shade of their skin. He was staring intently at the floor, concentrating.

I suspected that he was a new ghost. He was trying to hold his form and be tangible enough that he could sit in the seat without drifting through the bottom of the bus. I've been told that takes a lot of effort in the beginning. It was fascinating to watch, but I made the mistake of looking at him for too long. He glanced up and we made eye contact.

His eyes widened. "You can see me?"

Caught. It would have been easy to pretend that I didn't see him. Close my eyes and never look back but that wasn't my nature. I couldn't control acknowledging his presence any more than I could control my next breath. I may be able to delay it, but, eventually, it would happen. So, I simply nodded.

With his concentration broken, he started sinking into the seat. He refocused his attention, stood up and walked—floated? maneuvered? —his way into the empty seat next to me.

He leaned in, eyebrows raised. "How can you see me? I've been wandering for a bit, no one has been able to see me."

I forced a smile. "It's a gift." And by "gift" I mean a curse that torments me every day and every night and disrupts every aspect of my existence so that I have never been able to live a normal life. But Grandma called it a gift, so that's the term I use. It makes me feel better.

He tilted his head to one side. "Do you know what's wrong with me? Why am I like this? I know I'm dead but I expected to be somewhere else . . . you know, like, heaven. Why didn't I go to heaven?"

A chatty one. I held up my hand and shook my head to stop him from talking. I spoke in a very low tone, barely moving my lips, "I can't talk to you here. People will think I'm crazy. I'm getting off in a couple of stops, you can come with me."

"Really?" He asked with a wide grin. "Thank you . . . wait, what's your name?"

"Akila."

"Akila. Thank you, Akila. I'm Morio. Nice to meet you." He held out his hand for me to shake. A habit of the living.

Chapter 2: The Death of Morio

(Ĉapitro 2: La Morto de Morio, p. 93)

My name is Akila and I am a clairvoyant—a spiritual medium. Morio was not the first ghost to visit my apartment. Over time I have learned to increase the spiritual energy in my home. It makes it easier for them to hold a tangible form. As soon as Morio passed through the door, his body became less translucent and his color brightened. He almost looked like a real person.

It was amusing to watch him study his hands and body as he walked around touching things. "How did you do that?" He asked in a soft, disbelieving voice.

"It's not me, it's the crystals." I pointed to the white, pink, blue, and green rocks scattered around the room. Some hung from chains; others sat in bowls. A few on the windowsill reflecting the sunlight.

"They create a lot of energy in this space, so you can touch things." I gestured to the sofa as I sat in the overstuffed chair. "And sit down without thinking about it."

He perched himself gingerly on the edge of the sofa, very still, waiting. Then he pushed himself back further onto the sofa and relaxed into it. "Ahhhh . . . ."

I was ready for answers. "How long have you been dead?"

He thought for a moment. "What's the date?"

"May fifteenth."

"May fifteenth already? How has it been that long?"

"What's the last thing you remember?"

"New Year's Eve. Hanging out with my girl and her friends." His voice softened, "I've been wandering on that bus for almost five months?"

"Time loses some of its meaning when you're dead," I explained. "How did you die?"

"I got hit by a bus." He paused, then added, "That didn't kill me immediately. I died a few days later in the hospital."

"Did you go to judgment?"

He frowned. "I don't know what that means."

"As I understand, it's a moment, soon after your death where you see your whole life in perspective. For some it's a flame in chest, for others it's a balancing of scales. It varies." I quickly added, "So I've been told. I've never been dead long enough to experience judgment first hand."

He shook his head. "I don't remember anything like that. There was darkness. Voices. Flashes of light. I was floating. And then I was on the bus . . . kind of . . . I was trying to control this body to stay on the bus." He said the word "body" with disdain.

It was a familiar story. I laid out his situation. "You died. You did not go to judgment because something pulled you back. *Someone* pulled you back."

He raised an eyebrow. "Someone pulled me back? Who?"

"Someone who was really impacted by your death. Someone who is mourning so deeply, so intensely that they can't move on with their life."

He shook his head. "I can't think of anyone who would mourn me."

"Parents?"

"They're dead."

"Lover or spouse?"

"Girlfriend. I'm certain she moved on."

"Friends?"

"I didn't have many friends." He was quiet, contemplative. He picked up the crystal laying on the side table and started turning it over in his palm.

There was more he wanted to say. I stayed silent. Waiting.

He started again, slowly at first, then the words came tumbling out, "No one is mourning me because I was an asshole. There is no one out there who is sorry I'm dead. I got hit by a bus because I was high, out of my mind, and I stepped in front of it. My body wasn't physically strong enough to survive the trauma because I was on day four of a drug binge. The bus didn't kill me. I killed me."

And that's when I knew who had pulled him back. The bus driver.

Esperanto

La Prizona Artifiko

Tradukisto: Chuck Smith
(https://www.youtube.com/@amuzulo)

Ĉapitroj 1 kaj 2

Ĉapitro 1: La legendo de la Tal Om

(Chapter 1: The Legend of the Tal Om, p. 125)

Je la krepusko de tempo, Patrino Tero konstatis, ke la vivo estis tre malfacila por homoj. Ili ne estis tiel fortaj nek rapidaj kiel multaj el la aliaj bestoj. Ili ne povis naĝi aŭ flugi aŭ eĉ grimpi tre bone. Ili ne posedis la scion por prognozi la veteron aŭ por resanigi siajn vundojn. Ŝi zorgis pri la malforteco de siaj kreaĵoj. Ŝajnis, ke sen interveno, ili ne travivus.

Do Patrino Tero kolektis energion de la Kosmo kaj arte faris por la homaro sep Talentojn: la povon regi la elementojn (aeron, teron, fajron kaj akvon), la povon de resanigo, la akravidecon de telepatio kaj la povon de telekinezo. Ŝi dediĉis sin serĉi sep homojn kun la forto de menso kaj korpo, kiuj povus regi la Talentojn.

Tiutempe la tero estis unueca kaj ĉiuj loĝis kune. Tiel la tasko de Patrino Tero estis simpla. Ŝi prenis aspekton de homo kaj vivis inter ili. Ŝi facile trovis individuojn, indajn posedi la sep Talentojn.

Ŝi portis tiujn sep for al la rando de la mondo, markis ilin kiel siajn proprajn kaj instruis al ili, kiel ili povus mastri siajn talentojn. Individue ĉiu el ili posedis kaj regis po unu el la Talentoj. Kolektive iliaj povoj interplektiĝis, kaj ili estis nevenkeblaj. Tio estis la naskiĝo de la Sorĉista Rondo de Tal Om.

En la komenco, la Rondo regis la mondon. Per ilia protekto kaj gvidado, la homaro prosperis. Sed dum la mondo disiĝis kaj la homoj disvastiĝis, la forto de la Rondo ekmalkreskis. Homoj elektis siajn plej ŝatatajn. Ili adoris Tal Om kiel diojn. Ĵaluzo kaj konkurado kreskis inter la Rondanoj. Kaj kvankam la Talentoj de Patrino Tero donis al ili povojn kaj longvivecon, ili ne estis senmortaj.

Ĉiun fojon kiam Rondano de Tal Om mortis, ĉiom da energio de ties Talento egale transiris al la ceteraj membroj. Dum ili plifortiĝis, same kreskis ilia avido por la povo de la aliaj. Ĝis kiam restis nur unu.

Sed saĝa estis Patrino Tero. Ŝi sciis, ke unu persono neniam kapablus teni tian vastan kvanton da povo; ĝi frenezigus tiun. Homoj estis tiaj malfortaj kreaĵoj ĉiukaze. Do, kiam la fina rondano sorbis ĉiom da energio de la aliaj ses, tiu energio komencis malrapide disvastiĝi kaj serĉi sep novajn rondanojn. La tiro de la energio devigis, ke la sola travivinto trejnu la novan rondon. Post kiam ilia trejnado estis finita, tiu kutime fortiriĝis de la rando de frenezeco kaj liberis sperti la reston de la tagoj de sia vivo en paco.

Jen la ciklo de la Tal Om dum jarmiloj.

Ĉapitro 2: Modela malliberulo

(Chapter 2: A Model Prisoner, p. 129)

Sam sidis en lotusa pozo, surplanke kun fermitaj okuloj kaj rekta dorso. Lia maldekstra fingro senkonscie sekvis la korpon de serpento tatuita sur la dekstra antaŭbrako. Liaj longaj grizaj bukloj ponevoste kaskade falis laŭ la dorso. Lia bronza haŭto estis kontrastego al la blanka supertuto kaj blankaj muroj de la ĉelo.

En la aero estis zuma bruado de la elektromagneta fortokampo tute ĉirkaŭ la ĉambro. Li pensis, ke estis ĉarme, kiel ili kredis, ke tio povus plene enkatenigi lian povon. La fortokampo ĝenis, kreis senĉesan vibradon ĉe la bazo de lia kranio. Ĉiufoje kiam li volis uzi sian povon, li devis unue dediĉi energion por stabiligi la vibradon.

La ĉelo ne estis multe pli granda ol lia pasinta domo. Li estis simpla viro kun malmulte da posedaĵoj, sed li ja sentis la mankon de la naturo. Se io influis lian povon, kulpis la artefarita etoso. La stagna aero, severaj lumoj kaj la konstanta mekanika bruado sufokis lin. Li bezonis freŝan aeron kaj sunlumon; fenestro estus agrabla. Venontfoje kiam li parolos kun la gardejestro, tio estus lia peto... fari fenestron. Tio ne estus tro.

Ekster la ĉelo de Sam, gardisto sidis ĉe labortablo. La gardistoj ŝanĝiĝis ĉiujn 4 horojn, 24-hore tage. Foje, se mankis oficistoj en la prizono, aŭ se io grava okazis en alia sekcio de la prizono, la gardiston oni povis voki for. Sam ĝuis tiujn momentojn de vera soleco.

La hodiaŭa gardisto fiksrigardis sian poŝtelefonon. La laŭteco estis sufiĉe laŭta por ĝeneti. De tempo al tempo, li ridis aŭ fivortumis al la ekrano. Estis laŭta klaka bruo, kiam la magneto al la ekstera pordo malfermiĝis. La gardisto saltis pro la bruo kaj rapide kaŝis sian poŝtelefonon en la brusta poŝo.

"Pardonu, ke mi malfruas." Diris la nova gardisto dum li eniris la spacon.

"Fek Ralf, vi aspektas terure. Kio okazaĉis al vi?" La nuna gardisto demandis.

Sam ekrigardis. Ralf ja aspektis terure. La viro aĝis iom pli ol kvardek. Averaĝa alteco. Peza staturo. Lia malhela bruna hararo estis griziĝanta kaj kalviĝanta. Li havis palan haŭton, kiu hodiaŭ videbligis kelkajn skrapvundojn, tranĉojn kaj kontuzaĵojn. Lia maldekstra okulo estis ŝvelinta kaj lia suba lipo estis disfendita. Li paŝis malrapide, pli forte per sia dekstra kruro.

"Aŭto-akcidento antaŭ kelkaj tagoj. Idioto veturis senhalte preter haltŝildo." Ralf prenis pinĉtabulon kaj eklegis. Ĉiu gardisto skribis notojn pri la konduto de Sam. "Ĉu io interesa okazis rilate nian malliberulon?"

La alia gardisto kapneis, ekstarinte por kolekti siajn aferojn. "Nenio. Li simple sidis tie meditante preskaŭ la tutan tempon. Eĉ ne diris du vortojn." Li

[119]

prenis pleton de la rando de la labortablo. Estis ia viandeca bulo sur la pleto. Kelkaj rizeroj kaj iuj karotoj restis. "Li ne multe manĝis hodiaŭ."

Ralf delikate eksidis antaŭ sia labortablo. La du viroj interŝanĝis afablaĵojn, poste la originala gardisto foriris.

Kelkaj minutoj pasis. Sam moviĝis al la rando de la lito. Ralf ĝemadis, movante sian pezon ĉiujn kelkajn minutojn. La viro evidente suferis de multe da doloro. Finfine Sam ekparolis, "Saluton Ralf."

Ralf atente rigardis la ekranon sur sia labortablo, la koridoro ekster la ĉelo estis malplena. Li grimacis turnante sian seĝon por vidi la ĉelon. "Saluton Sam. Pardonu pro la tagmanĝo. Estas nova kuiristo en la manĝejo. Ni trovos ion pli bonan por vi por la vespermanĝo."

"Mi aprezas tion." Sam respondis. Li analizis la gardiston dum momento. "Kio doloras?"

"Mia dorso. Mi devis kuŝadi dum la lastaj du tagoj. Mi tamen malgraŭ ĉio devis reveni al la laboro."

Sam rigardetis al la ĉiam-ĉeestanta kamerao en la supra angulo de la ĉelo. Li sciis, ke ĝi ne registris sonon, sed ja kaptis ĉiun lian movon. Li diskrete prenis el sub sia matraco libreton. Li ekstaris kaj turnis sin al Ralf, "Eble vi devas konfiski ĉi tiun libron, ŝajne mi ne ricevis ĝin de la prizono."

Ralf hezitis, sed tamen levis sin for de la seĝo kaj paŝaĉis al la barilo. Dum li prenis la libron, Sam ĉirkaŭpremis la antaŭbrakon de Ralf, per sia korpo kaŝante la du virojn de la kamerao.

Li tenis la brakon de Ralf, fermis siajn okulojn, klinante sian kapon, dum liaj sensoj pene laboris tra la korpo de la viro. Estis multe da kontraŭstaro. La energio de Sam estis iom blokita kaj lastatempe ŝajnas, ke lia akravideco iom nebuliĝis. Ĉio ekfariĝis pli kaj pli malfacila. Neniu alia rimarkus. Sed li rimarkis.

Finfine la muskoloj kaj tendenoj donis klaran vojon al la ostoj. "Mi sentas ĝin. Unu el viaj torakaj vertebroj havas fraktureton." Sam sulkis la frunton, lia spirado estis malrapida kaj regula. Varmo fluis de lia mano tra la korpo de Ralf. Li ellasis Ralf kaj paŝis for de la krado. "Mi fandis la oston, sed daŭros kelkajn tagojn ĝis kiam ĝi plene resaniĝos. Bone ripozu."

Ralf staris rekte. Li elprovis siajn koksojn kaj ŝultrojn, ĉirkaŭmovante sian spinon. Li ellasis tre aŭdeblan "Aaaaa." Li foliumis la libron kaj redonis ĝin al Sam tra la krado, "Ne aspektas kiel kontrabandaĵo al mi. Vi povas teni ĝin."

Sam kapjesis.

Ralf revenis al sia labortablo. Antaŭ ol li sidiĝis, li turnis sin reen al la krado, "Sam, kial vi restas ĉi tie?"

"Mi pagas mian ŝuldon al la socio, kaj estas pace ĉi tie iumaniere." Li revenis al la lotusa pozo. Li serene ridetis al Ralf, "Krome, normale la manĝo ne tiom malbonas." Poste li fermis siajn okulojn kaj plu meditadis.

English

The Prison Charade

Chapter 1: The Legend of the Tal Omm
(Ĉapitro 1: La legendo de la Tal Om, p.113)

At the dawn of time Mother Earth realized that life was very difficult for humans. They were not as strong or as fast as many of the other animals. They couldn't swim or fly or even climb very well. They didn't possess the knowledge to understand the weather patterns or heal their injuries. She worried about the frailty of her creations. It seemed that without intervention, they would not survive.

So, Mother Earth gathered energy from the Cosmos and crafted for humanity seven Talents: the ability to control the elements (air, earth, fire, and water), the ability to heal, the insight of telepathy, and the power of telekinesis. She set out to find seven humans with the strength of mind and body to control the Talents.

In those days, the earth was one and all the people lived together. That made Mother Earth's task simple. She took on the shape of the humans and walked among them. She easily found individuals worthy of possessing the seven Talents.

She whisked the seven away to the edge of the world, branded them as her own and taught them how to master their Talents. Individually they each possessed and controlled one of the Talents. Collectively their powers intertwined and they were invincible. This was the birth of the Tal Omm Coven.

In the beginning, the Coven ruled the world. With their protection and guidance, humanity thrived. But as the world broke apart and the people dispersed, the strength of the Coven began to wane. Humans chose favorites. They worshipped the Tal Omm as gods. Jealousy and competition grew between members of the Coven. And while the Talents from Mother Earth gave them powers and longevity, they were not immortal. One by one they died; often at the hands of another Coven member.

When a member of Tal Omm Coven died, all of the energy from his/her Talent would be equally redistributed to the remaining members. As they grew stronger so did their lust for the power of the others. Until only one remained.

But Mother Earth was wise. She knew one person would never be able to hold such a vast amount of power; it would drive them mad. Humans were such frail creatures after all. So, when the last Coven member absorbed all the energy from the other six, that energy would slowly start to dissipate and seek out seven new coven members. The pulling of the energy would compel the sole survivor to train the new coven. Once their training was complete, he would be pulled from the brink of madness and released to live out his remaining days in peace.

This has been the cycle of the Tal Omm for thousands of years.

Chapter 2: A Model Prisoner

(Ĉapitro 2: Modela malliberulo, p. 117)

Sam sat with legs crossed on the floor, eyes closed and back erect. His left finger was mindlessly tracing the body of a snake branded into his right forearm. His long white locks were pulled into a ponytail that cascaded down his back. His bronze skin was a sharp contrast to the white jumpsuit and white walls of the cell.

There was a buzzing noise in the air from the electromagnetic force field erected around the room. He thought it was charming how they believed that could fully contain his power. It was annoying; creating a small, but incessant vibration at the base of his skull. Any time he tried to use his power he needed to first devote energy to stabilizing the vibration.

The cell wasn't much bigger than his last house. He was a simple man with few possessions, but he did miss nature. If anything was affecting his power it was the artificial environment. The recycled air, harsh lights, and constant mechanical noises were stifling. He needed fresh air and sunlight; a window would be nice. Next time he spoke with the warden that would be his request... to make one. That didn't seem unreasonable.

Outside of Sam's cell, a guard was sitting at a desk. The guards changed every 4 hours, 24 hours a day. Sometimes, if the prison was short staffed or something big happened in another section of the prison, the guard might be called away. Sam enjoyed those moments of true solitude.

Today's guard was staring at his cell phone. The volume was just loud enough to be irksome. Occasionally, he would laugh or curse at the screen. There was a loud clicking noise as the magnet on the exterior door disengaged. The guard jumped at the noise and quickly slid the phone into his breast pocket.

"Sorry, I'm late." Said the new guard as he entered the space.

"Man Ralf, your look awful. What happened to you?" The current guard asked.

Sam looked up. Ralf indeed looked awful. The man was in his mid-forties. Average height. Heavy build. His dark brown hair was graying and balding. He had very fair skin, which today showed several scrapes, cuts and bruises. His left eye was swollen and his bottom lip was split open. He was walking slowly, heavily favoring his left leg.

"Car accident a couple of days ago. This idiot ran through the stop sign." Ralf picked up the clip board and started reading. Every guard kept notes on Sam's behavior. "Anything interesting happening with our prisoner?"

The other guard shook his head, standing to collect his things. "Nothing. He's been sitting there meditating almost the whole time. Hasn't said two words." He picked up the food tray from the edge of the desk. There was a lump of some meat-like substance on the tray. A few bits of rice and carrots remained. "He didn't eat much today."

Ralf settled gingerly into the chair behind the desk. The two men exchanged a few pleasantries, then the original guard left.

Several minutes passed. Sam moved to sit on the edge of the bed. Ralf was moaning, shifting his weight every few minutes. The man was obviously in a lot of pain. Finally, Sam spoke, "Hello, Ralf."

Ralf studied the monitor on his desk, the hall outside of the cell was empty. He winced as he slowly turned the chair around to face the cell. "Hi Sam. Sorry about lunch. There's a new guy in the cafeteria. We'll get you something better for dinner."

"I appreciate that." Sam replied. He studied the guard for a moment. "Where does it hurt?"

"My back. Spent the last two days lying down. Couldn't take any more time off work."

Sam glanced up at the ever-present camera in the upper corner of his cell. He knew it wasn't recording sound, but it did capture every move he made. He inconspicuously reached under his mattress and pulled out a small book.

He stood and turned towards Ralf, "Maybe you should confiscate this book, I don't think it's prison issued."

Ralf hesitated, then pushed himself out of the chair and shuffled over to the bars. As he reached in to take the book, Sam clasped his hand over Ralf's forearm, his body between the two men and the camera.

He held onto Ralf's arm, eyes closed, head leaned in, letting his senses work their way through the man's body. There was much resistance. His energy was slightly blocked and lately it seemed his insight was getting foggy. Everything was becoming incrementally more difficult. Not that anyone else would have noticed. But he noticed.

Finally, the muscles and tendons gave way to a clear path to the bones. "I feel it. One of your thoracic vertebrae has a small fracture." Sam was frowning, his breath slow and steady. Warmth flowed from his hand through Ralf's body. Then he released Ralf and stepped away from the bars. "I fused the bone, but it will take a couple of days for it to fully heal. Take it easy."

Ralf stood upright. He worked his hips and shoulders, moving his spine around. He let out a very audible "Ahhhh." He flipped through the book, then passed it back to Sam through the bars, "Doesn't look like contraband to me. You can keep it."

Sam nodded.

Ralf returned to his desk. Before he sat down, he turned back to face the bars, "Sam, why do you stay here?"

"I'm paying my debt to society and it is peaceful, in its own way." He returned to his crossed legged position. He gave Ralf a placid smile, "Plus, normally the food's not that bad." Then he closed his eyes and resumed meditating.

Esperanto

Infanoj de la Inundo

Tradukisto: Hans Eric Becklin

Ĉapitroj 1 kaj 2

Ĉapitro 1: La Instituto de Homa Plibonigo

(Chapter 1: The Institute of Human Enhancement, p. 149)

La ŝildo sur la antaŭo de la konstruaĵo tekstis: La Instituto de Homa Plibonigo. Ĝi estis senornama konstruaĵo de tri etaĝoj, kiu troviĝis tricent metrojn de la strato. Laŭ la longa vojo estis vico de arboj.

Mi paŝis en la akceptejon. Laŭ sia aspekto, ĝi estis kombinaĵo de alta teĥnologio kaj hejmeca komforto. Kolore, ĝi estis blua kun metalaj nuancoj. Estis plataj televidiloj, kiuj sur si montris videaĵojn de belaj homoj, kiuj ridetis, kuris, kaj ludis. Leginte tri reklamajn broŝurojn, mi ankoraŭ ne sciis, kio estas la Instituto de Homa Plibonigo, nek kiel ĝi povas helpi al mi.

La letero, kiun mi ricevis antaŭ tri semajnoj estis preskaŭ same ordinara kaj nerimarkinda kiel la konstruaĵo. Plejparte ĝi konsistis el la sama vaka propagando, kiun oni legis en la broŝuroj, sed la unua frazo kaptis min. Ĝi tekstis: "Ĉu vi spertas la benon, kiu estas longa kaj eksterordinare sana vivo? Se jes, kontaktu nin." Eble mi opiniis aferojn implicataj, kiuj ne vere ekzistis, sed ŝajnis al mi, ke ili scias mian sekreton. Se jes, eble ili ankaŭ havas respondojn pri ĝi.

Dekstre de la labortablo de la akceptisto, pordo malfermiĝis. Du homoj paŝis en la akceptejon.

Viro en blanka laboratoria kitelo paŝis al mi kun sia mano etendita al mi. "S-ro Johanson, mi estas d-ro Robert Zamora." Ni premis la manojn unu de la alia. Li turnis sin por prezenti la virinon, kiu staris apud li. "Jen mia asistanto, Miriam Vega."

D-ro Zamora aspektis kiel stereotipa sciencisto, kun okulvitroj, la blanka kitelo, kaj rektangulaj vizaĝtrajtoj. Li parolis rapide dum liaj okuloj iradis tien kaj reen por kapti ĉiun detalon. Miriam estis malsama. Ŝi estis pli mola. Ŝi ridetis premante mian manon. Ŝiaj manieroj estis varmaj kaj senstreĉaj. Estis iom da familiareco en ĝi, kio ŝajnis al mi netaŭga en tiu ĉi sterila loko.

Mi sekvis la paron laŭ longa, mallarĝa koridoro. Ni iris en ĉambron. Estis tablo, pluraj seĝoj, kaj kamerao muntita sur tripiedo. Sur la tablo estis kruĉo da akvo kaj kvar glasoj. D-ro Zamora proponis al mi la seĝon kontraŭ la kamerao. Li verŝis akvon kaj sidiĝis aliflanke de la tablo, transe de mi.

Miriam lokis sin malantaŭ la kamerao. Ŝi kapklinis al d-ro Zamora. "Ĉio estas en ordo miaflanke."

D-ro Zamora rigardis min. "Unue ni starigos multajn demandojn al vi. Ili okupos la grandan plimulton de la tago. Poste, ni observos vian dormadon. Morgaŭ ni iros en la laboratorion kaj testos vin rilate al kelkaj aferoj.

Mi respondis, "En ordo."

"Se vi pretas, ni komencos." Li kapklinis al Miriam. Ŝi premis butonon de la kamerao kaj ruĝa lumo komencis pulsi por montri, ke ĝi registras.

[141]

Ĉapitro 2: La intervjuo, parto unu

(Chapter 2: The Interview - Part 1, p. 153)

D-ro Zamora komencis. "Hodiaŭ estas mardo, la 7-a de Aprilo 2048. Bonvolu diri vian plenan nomon, por ke niaj datumoj estu plenaj."

Mi respondis, "Donovan Frederick Johanson."

"Bonvolu konfirmi, ke vi ĉeestas libervole. Neniu premas vin, minacas vin, ĉantaĝas vin, aŭ subaĉetas vin, por ke vi ĉeestu, ĉu?"

"Neniu, prave. Mi ĉeestas libervole."

"Dum via restado en la Instituto de Homa Plibonigado, vi paroprenos serion de intervjuoj kaj estos multe testata. Tio inklizivos sangoĉerpadon, specimenon de DNA, kaj la provadon de viaj fizikaj limoj. Ĉu vi konsentas esti testota?"

"Jes." Mi ne sentis min tute bone pri la amplekso de la testado, sed mi bezonis klarigojn, kaj d-ro Zamora kapablis helpi al mi trovi ĝuste tion.

D-ro Zamora daŭrigis. "Ĉiuj komprenas, ke vi rajtas haltigi tiun ĉi procedon iam ajn."

"Jes."

"Ĉu vi povas respondi plene?"

"Jes, mi komprenas, ke mi rajtas haltigi la procedon iam ajn."

"Dankon, S-ro Johanson. Bonvolu diri vian naskiĝdaton."

"Mi naskiĝis la 23-an de Majo 1899."

Miriam interrompis min. "Pardonu, ĉu vi intencas diri 1999?"

"Ne, mi intencas diri 1899." Estis strange diri tiun veron. Mi ne povis memori, kiam mi laste diris al iu mian veran naskiĝtagon.

Ŝi kuntiris la brovojn kaj ridis maltrankvile. "Tio signifas, ke vi havas preskaŭ 150 jarojn."

"Jes," mi diris senemocie.

Ŝiaj okuloj larĝiĝis. Ŝi rigardis d-ron Zamora. "Kiel tio eblas?"

"Ĝuste tiun enigmon ni provas solvi." Li estis iom ĝenita. "Mi supozas, ke oni ne klarigis al vi la detalojn de tiu ĉi esplorado?"

Ŝi malfermis sian buŝon, por povi paroli, pensis dum sekundo, kaj poste respondis, "Mi pardonpetas pro la interrompo."

D-ro Zamora denove atentis min. "Laŭ vi, ĉu vi aŭ viaj gepatroj iam ajn partoprenis sciencan eksperimentadon, ĉu teĥnikan, ĉu genetikan?"

"Laŭ mia kompreno, neniam."

"Ĉu vi iam ajn prenis eksperimentan medikamenton?"

"Ne."

"Ĉu viaj gepatroj partoprenis ion ajn, kio estis kvazaŭ sorĉado?"

"Ne."

"Ĉu estas rakontoj pri kaptado fare de eksterteranoj?"

"Ne."

Li daŭre demandadis min dum preskaŭ horo. Li sondis min pri io ajn nekutima aŭ eksperimenta, kio povus klarigi mian longan vivon.

Por fini li demandis, "Kiam vi konstatis, ke vi ne aĝiĝas?"

English

Children of the Flood

Chapter 1: The Institute of Human Enhancement

(Ĉapitro 1: La Instituto de Homa Plibonigo, p. 139)

The sign on the front of the building said: The Institute of Human Enhancement. It was a plain brick three-story building that sat about 300 meters from the street. The long driveway was lined with trees.

I walked into the lobby. It was a combination of high tech and cozy. Shades of blue mixed with metals. There were flat screen TVs showing videos of beautiful people smiling, running, playing. I gave my name to the receptionist and sat down in one of the recliners. After reading three brochures I still had no idea what the Institute for Human Enhancement was or how they could help me.

The letter I received three weeks ago was almost as generic and non-descript as the building. Most of it was filled with the same empty propaganda as the brochures, but the opening sentence captured my interest. It read: "Have you been blessed with a long and remarkably healthy life? If so, we'd like to hear from you." Maybe I was reading too much into it, but they seemed to know my secret. If that was true, then maybe they had answers too.

A door to the right of the receptionist desk opened and two people walked into the lobby.

A man in a white lab coat walked toward me, hand extended. "Mr. Johanson, I'm Dr. Robert Zamora." We shook hands. He turned to introduce the woman next to him. "This is my assistant, Miriam Vega."

Dr. Zamora looked like a stereotypical scientist: glasses, white lab coat, sharp angular features. He spoke with a fast cadence as his eyes darted around, taking in every detail. Miriam was different; she was softer. She smiled as she shook my hand. Her manner was warm and relaxed. There was a hint of familiarity that felt out of place in this sterile facility.

I followed the pair down a long narrow hall. We entered a room. There was a table, several chairs, and a camera on a tripod. On the table was a pitcher of water and four glasses. Dr. Zamora offered me the chair opposite the camera. He poured a glass of water and sat at the table across from me.

Miriam took a place behind the camera. She nodded to Dr. Zamora. "Everything is ready here."

Dr. Zamora looked at me. "First, we're going to ask you a lot of questions. They will probably take up most of the day. We'll monitor you sleeping, then tomorrow we'll go into the lab and run a few tests."

I replied, "Okay."

"If you're ready, we'll start." He nodded to Miriam. She pressed a button on the camera and the red record light started blinking.

Chapter 2: The Interview - Part 1

(Ĉapitro 2: La intervjuo, parto unu, p. 143)

Dr. Zamora began. "The date is Tuesday, April 7, 2048. Please state your full name for the record."

I replied, "Donovan Frederick Johanson."

"Please confirm that you are here on your own free will. You have not been coerced, threatened, blackmailed, or bribed."

"Yes, I am here on my own free will."

"During your time here at The Institute of Human Enhancement you will participate in a series of interviews and undergo extensive testing. They will include blood samples, DNA specimen, and testing the boundaries of your physical limitations. Do you consent to these tests?"

"Yes, I do." I wasn't comfortable with the extent of this testing, but I needed answers and Dr. Zamora could help me find them.

Dr. Zamora continued. "And we all understand that you are free to stop this process at any time."

"Yes."

"Can you answer that fully?"

"Yes, I understand that I can stop this at any time."

"Thank you, Mr. Johanson. Please state your date of birth.

"May 23, 1899."

Miriam interrupted, "Excuse me, do you mean 1999?"

"No, I mean 1899." It felt strange to say that out loud. I couldn't remember the last time I told someone my real birthday.

She frowned and laughed uneasily. "That means you are almost 150 years old."

"Yes," I said flatly.

Her eyes widened. She looked at Dr. Zamora. "How is that possible?"

"That is what we're trying to find out." He was slightly annoyed. "I take it they didn't explain to you the details of this study?"

She opened her mouth to speak, thought for a moment, then replied, "I'm sorry for interrupting."

Dr. Zamora turned his attention back to me. "To your knowledge have you or your parents ever participated in any type of scientific experimentation, technological or genetic?"

"No, not to my knowledge."

"Have you ever taken any experimental drugs."

"No."

"Were your parents involved with anything like witchcraft or sorcery?"

"No."

"Any stories or tales of alien abduction?"

"No."

He continued to grill me with questions for almost an hour. Probing for anything unusual or experimental that could explain my longevity.

Then he asked, "When did you first realize that you weren't aging?"

About the Author

Myrtis Smith estas usona esperantistino, inĝeniera instruisto tage kaj aspiranta artisto nokte. Ŝiaj ŝatokupoj inkluzivas verkadon, dancadon, kudradon, marŝadon kaj, kompreneble, Esperanton.

Visit KylanVerdeBooks.com to find more dual language Esperanto books and select audio files!

Made in the USA
Columbia, SC
11 December 2024

47697831R10088